当代作家精品·诗歌卷　　　　　　　　凌翔　主编

静夜里悄悄下了一场雪

东海之晓　著

北京出版集团
北京出版社

图书在版编目（CIP）数据

静夜里悄悄下了一场雪 / 东海之晓著 . — 北京：
北京出版社，2023.1
（当代作家精品 / 凌翔主编 . 诗歌卷）
ISBN 978-7-200-17844-9

Ⅰ. ①静… Ⅱ. ①东… Ⅲ. ①诗集—中国—当代
Ⅳ. ① I227

中国国家版本馆 CIP 数据核字（2023）第 035003 号

当代作家精品·诗歌卷

静夜里悄悄下了一场雪
JINGYE LI QIAOQIAO XIALE YI CHANG XUE
东海之晓　著
凌翔　主编

出　　版　北京出版集团
　　　　　北京出版社
地　　址　北京北三环中路 6 号
邮　　编　100120
网　　址　www.bph.com.cn
发　　行　北京出版集团
印　　刷　三河市中晟雅豪印务有限公司
经　　销　新华书店
开　　本　710 毫米 ×1000 毫米　1/16
印　　张　10
字　　数　22 千字
版　　次　2023 年 1 月第 1 版
印　　次　2023 年 1 月第 1 次印刷
书　　号　ISBN 978-7-200-17844-9
定　　价　49.80 元

如有印装质量问题，由本社负责调换
质量监督电话　010-58572393

序

自 画 像

    从 1995 年在户县报社发表的一篇 58 个字的通信报道算起，如今从事爬格子的工作已有 25 个年头。这东西真是上瘾，就像坠入了情网一样，虽经历了九九八十一难，却乐此不疲，乐不思蜀，从写报道到写人物通讯，从写人物通讯到写小说，每一次的裂变都意味着一阵剧烈的疼痛，写小说更没有料到从一篇 2000 字的文章硬生生憋成了一部 12 万字的长篇小说，2006—2007 年在"寻找西部最具潜质的青年作家"网络选拔赛中，《路魂》从 144 部长篇小说中脱颖而出，获得第一名，并得以出版。本以为此生也就这样了，写诗没有灵感，更没有天赋，但人生很奇怪，转折往往在不经意间到来，在一个文友的长篇小说发布会上，我竟然鬼使神差做了一首诗来向他表达祝贺，而且还获得满堂的喝彩，当时在座的还有不少诗坛前辈，于是我的自信心瞬间膨胀，竟然在 4 个月内出版了一本诗集，就连自己都有点难以置信，周围更是投来无数诧异的目光，常言说：事出奇怪必有妖。那这个妖在哪里呢？在心里。2020年10月在经典文学网举办的一场诗歌讲座中，我写诗的灵感和技巧得到升华，有15首诗歌竟然在经典文学网举办的全国诗歌比赛中获得二等奖，一时间我对诗歌的认识好像进入了一个冲刺阶段。现在我基本是每一天都写诗，而且自我感觉良好，先后参加过鲁迅文学院的函授学习及河北当代文学院的函授学习，并在其间获得比赛二等奖。2021年我的目标是出一本诗集，加入省作家协会，从而名正言顺地成为一名作家。感谢一路走来曾经帮助过我的老师和朋友，文学事业长路漫漫，吾将上下而求索！

东海之晓

2021 年 1 月 14 日

目 录

春天是一枚戒指

套在手指

连在心上

把桃红柳绿绽放

把缕缕深情歌唱

任爱像流水一样流淌

汇成涓涓溪流的模样

春天是一枚戒指

套在手指

连缀心房

任大山披上绿衣红装

任白云擦拭人世间的肮脏

送去一片款款的，款款的

青春的多情与忧伤

留下一抹人生

像山一样

涝河畅想

涝河边的

芦苇荡，陪伴着流水

潺潺悠悠地向前流淌

夏日是急流

冬日则不慌不忙

枯水的季节，水流减缓

形成了沙洲，形成了池塘

沙洲上踩满了下河人的脚印

钓鱼的，散步的，观鸟的……

池塘里有鸟儿迈着悠闲的舞步

偶尔啄食水里的虫鱼

沙洲，脚印，仿佛走西口的驼队

在漫漫沙海中徜徉

一阵风儿吹来

惊醒了沙漠中沉睡千年的胡杨

依稀可记得，当年战神左宗棠

抬棺出征，走进西部

血染战袍，征战沙场

保边疆，收复伊犁

新栽三千里胡杨于路旁

近代血的耻辱

西路军折戟沉沙铁未销

西北的马家军太张狂

时过境迁，解放战争中

敢立马横刀的大将军

大手一挥，瞬间马家军

樯橹灰飞烟灭，统帅亲自下令

不接受投降

历史总是在不经意间完成转折

历史的歌声音犹在耳

铁蹄厮杀，人仰马翻

枪炮声伴奏的交响乐

美丽的姑娘，翩翩起舞

心中的英雄，栩栩如生

何时复西归

大漠畅想

茫茫戈壁，茫茫大漠

博大的胸怀，展开大手笔的画卷

理想与现实的绞杀

会把人修炼成黄山上的迎客松

孤独而挺拔

大雪压青松，青松挺且直的宣言

我们早已耳熟能详

但现实残酷的磨盘

让我们每天必须像牲口一样

戴着眼罩推着它转圈

哪怕是一缕阳光

我们的心里都会

有一片灿烂辉煌

哪怕是一抹冰冷如水的月光

我们也要用一颗滚烫的心

把地里的红薯焐热，送入口中尝尝

一片大漠孤烟直

去迎接走进西部的驼队

千年的胡杨

大漠边缘的绿洲路上

阵阵驼铃声打破了它的孤寂

留下一排排驼队蹄印

回味悠长

轻松锤炼不出压不弯的脊梁

生活中没有磨盘的挤压

也许我们依旧是

肤如凝脂吹弹可破的媚娘

但经过火烤煎熬会变成

腊肉历经严寒风霜

我不是仙子，没有飘飞的翅膀

我不是厉鬼，没有阎王爷颁发的

勾人魂魄的印章

我是生活中的谏言忠臣

却不得不受到伤害、挤压和诽谤

狂作一曲通天去

一群窈窕下凡来

我心独自徘徊

碑和路

碑是站立的路

路是横卧的碑

碑上篆刻着人的名字

路的来历

路上烙下了人的脚印

车的轧痕

路下是一层一层

垒起来的坚实的地基

刻上去的字

再也无法抹掉

走过去的路

再也不能回头

凝望黄河

站在家乡的

田埂上

我把黄河

深情地凝望

放马黄河

饮马长江

是自古以来

多少英雄豪杰

魂牵梦绕

孜孜以求的理想

壶口的飞瀑

似万马奔腾

横冲直撞

远处艄公的

号子声

似儿时母亲的

摇篮曲

直接将小儿送入

甜蜜的梦乡

站在家乡的

田埂上

我把黄河

深情地凝望

九曲回肠的黄河水

更适合我直面它

高声歌唱

放歌黄河谣

是家乡夏日里

快要成熟的麦浪

布谷鸟的歌声

把满地的麦穗

染得金黄金黄

农人们的笑声

融进黄河的激流中

远处纤夫的号子声

将辛勤劳作一年的人们

送入一片丰收的渴望

黄河黄

染黄了

十四亿人口的脊梁

黄河长

拉长了

一个时代

崛起的希望

雪殇

总有一抹

被阳光的灿烂遗落

被刺骨的寒风封锁

残血，残雪

是漫天飞舞的仙女

撒落在房脊阴面的个性

留在山梁阴坡的伤痕

一个冬天，都不能消融

静静地等待

像百花等待春天的绽放

迷　雾

看过今早的迷雾

你再也不会

把黑夜诅咒

鲜花是我最后的衣裳

美丽在迷雾中已变得

模模糊糊，似有似无

地球的早晨

早已被迷雾切割得

支离破碎，血肉模糊

在惆怅的目光中

故乡的思念如何能找回

青春的质朴

灵魂的魔咒

有雾的白天如同黑夜

有雾的早晨抱着黑夜一起痛苦

行色匆匆，步履沉重

要么庸俗，要么孤独

迷雾总会像涟漪一般慢慢荡散开去

让心灵寻觅到尘世间的原初

把夜漂白

夜是白色的
那是雪的颜色
心若成墨色
那是灵魂深处的黑洞

把夜漂白
让乌鸦把眼睛啄伤
把心伤透
让身体替心灵偿还罪恶

给生命一个等待
谁来把乾坤扭转

残 雪

一段小路

被一片残雪覆盖

一座小屋

房檐挂满了，帘幕一般的冰挂

寒风嗖嗖地，在小路上呼啸

夕阳的余晖，把小屋打扮得

五颜六色，如情窦初开的少女

晶莹剔透的冰挂，在融化中坠落

角落里的积雪，灿然地微笑

阳光般炽烈的爱情

总是把，残雪遗忘

雪是纯洁的

却被现实的尘土，污染

一点一滴，消融于无形

放飞一颗心

有多少花瓣，落在了昨天

却勾起了，一片叶子的伤感

让你的笑容，桃花般灿烂

久违的太阳，像曙光刺破黑暗

放飞的心灵，像孤独而勇猛的骑士

纵马草原

斑驳的爱情

树荫下一抹微笑的阴影

阳光下一抹深情的相拥

树上雕刻着岁月的年轮

将青春一层一层地剥离

唯有感情的纽带

像春雨一样润物细无声

像夏雨一样酣畅淋漓

浇透心灵

秋夜的蛙声迎来百灵鸟丰收的鸣歌

秋蝉的欢唱，知了、知了

引得缠绵的秋雨

如诉如泣，叙说着

过往的澎湃与激情

疏影下斑驳的爱情谣

沙漠一般的大海，涛声依旧

歌者舞者在宣誓

爱之切，情之深的永恒

长征·北上

倒下的，是一具具躯体

站起的，是一个个信仰

这是一场无法用语言表达的

人生慷慨

这是一场用生命，用血肉

为信仰充值的洗礼

命如草芥，血肉似流水

没有信仰的一切，都会为自然让路

躯壳会成为枪炮的美餐

肉体会化为敌人庆功的盛宴

北上，北上

延安和宝塔成为信仰上的皇冠

夜 月

夜月很苍茫

挂一颗清凉的心在天上

伊人在远方

写一封没有署名的信遥寄思乡

童年的过家家青梅竹马

少年的手拉手浪迹天涯

多少回梦里泪湿眼眶

枕边总有说不完的悄悄话

心贴心的依靠几十年轮

背对背的拥抱能有几回

夜月很苍茫

天涯路慢慢拉长

我有心酿一碗米酒给你送去

怎奈技艺不精总是变凉

种一株小草绿化你的心田

可在沙漠里活下来很难，很难

总是寄希望于朝阳晨露

可在午夜我到哪里去

给你找寻一片金色阳光

一道篱笆

乡音已成为一种留恋

乡愁已成为一种概念

山头已被推平，盖上别墅

湖面已被填平，变为公园

熟悉的乡音

熟悉的小路

熟悉的小河

熟悉的放飞风筝的田野

再也无法寻觅

我已成为随水漂流的浮萍

我已成为随风而走的流沙

繁华已成为我与故乡的隔阂

扎在心灵上的一道深深的篱笆

赠路遥

早晨，从中午开始

布满荆棘的黄泥路

在一位陕北汉子的脚下了

走得那么短暂，走那么多弯

《人生》写出高加林的迷茫与困惑

《平凡的世界》写出底层农民孙少安，孙少平

不屈不挠的奋斗与激情

你却把自己定格在四十二岁的英年

谁在为黄土立传

谁在为黄河的纤夫们咏叹

谁在为井下挖煤的矿工们呐喊

曾经的誓言

用生命与命运抗争

一支笔，不再孤单

北京的路

北京的路

有坡度

无论是跑是走

都得仰着头

路边挺拔的白杨树

诉说着首都的岁月如歌

酿出醉人的酒

没弄明白香山红叶浓烈的红

没弄明白北京的胡同那么老旧

没弄明白北京的人行天桥楼梯要那么环绕

太多的感觉猜不透

因为这里古老而浪漫

王者之地，拜将封侯

祖 屋

母亲

挂怀乡下的老屋

门前

齐腰深的荒草

屋内

一尺厚的尘土

铺满每个角落

犄角旮旯

破败的景象

让家人在记忆中

渐渐地

把老屋淡忘

长大像一只风筝

飞得再高

飞得再远

只要老屋没拆

就有线的牵绊

回来了

祖屋

带着征途上

风尘仆仆的

气息

带来城市的喧闹

翻盖祖屋

崭新的老屋

儿女们的

欢声笑语

老地基上的

新房子

显出一派勃勃生机

祖屋

仿佛母亲的

音容依旧

祖屋

是子女们剪不断

理还乱的

乡愁

祖屋

是儿女们

永远难舍的根

无论你

飞得再高

走得再远

祖屋

永远有

儿女们的一份

沉甸甸的

牵挂

西北冷雨

是担心给人们

带来更多的惆怅

是担心给大地

带来更多的肃杀和凄凉

你总是那么的

大度和慷慨

其实没有人能够

躲避你的到来

调皮的男孩女孩

青梅竹马的爱

共撑一把雨伞

脚下

故意踩着水洼

扑哧扑哧

汽车疾驰

溅起满身泥点

和片片水花

路人

也只是侧侧身子

嘟囔一句

依旧毫不避让

那高高飞在空中的

鸟儿

还在你水幕帘里

不断穿梭

来来回回欢唱

你小心翼翼地变脸

闹钟般嘀嘀嗒嗒

淅淅沥沥

看起来

朦朦胧胧

迷迷糊糊

睡梦状态中的样子

带给人

无与伦比的美丽

思念和遐想

致莫言

赶着牛羊

背着草筐

理想

孤独地

徘徊在茫茫田野的

小路旁

思绪

像长了翅膀

在小路边的

溪流中

歌唱

奔跑的青春

文字和心灵

陪伴路边的野草

一起疯长

树和树皮

树和树皮

像是一对，手拉着手

患难与共的，孪生兄弟

更像一对，穿着连体衣

正在戏水的鸳鸯

真正是掰不开，砸不烂的

一对命运共同体

离开了树的皮

像是大西北，茫茫戈壁滩上的干尸

没有了生命的气息

更没有了

向上生长的能力和勇气

没有了树的皮

更像是水中的浮萍

空中随风飘动的柳絮

没根没落的流水

风一吹，土一渗

就没有了踪迹

树和树皮

是无法分开的命运共同体

只有团结，抱团取暖

才能创造生命奇迹

新冠疫情的肆虐

使人，阴阳相隔，骨肉分离

团结抗疫，逆行的白衣天使

给了我们生的权利

和活下去的勇气

爱、阳光、篱笆

目光掠过台历

让爱醒来

说过的山盟海誓变大白话

甚至连白描都不是，似水流年

惊喜地发现

夏日的阳光在篱笆上跳跃

篱笆围护的园中

一派生机，郁郁葱葱

金色的阳光，洒下细碎的身影

一片树叶，伤春悲秋

扩张的语言

把黑暗的部分去掉

对人的心灵进行重新构建

把爱还给自然

夏日的午后

篱笆最为清静

守护乡村的味道和思念

心中的流血

便更像桃花盛开般

朵朵的鲜艳

仿佛是画笔上掉下的一滴墨

太阳稳稳地挂在中天

最可人的

还是夏日荷花的倩影

静静地站立

默默地张望

一滴水

折射出太阳多姿多彩的光斑

启 蒙

诺贝尔文学奖获得者、著名作家莫言曾在央视纪录片《文学的故乡》里谈到他的文学启蒙是从阅读粘在墙上的报纸开始的，于是我一激动，随手写下了这首《启蒙》。

文学的启蒙

在墙头

在炕头

在床的尽头

粘满墙头的报纸

眨眼，扑闪

诱惑着一位执着的少年

有横着贴的

有竖着贴的

还有倒悬着贴的

都成为文学的初心和故乡

少年，睁大眼

左右看，前后看

他要读出激情与忧伤

鹰，理想

告诉你，我的理想

留恋于北疆大漠的苍凉

划过万里长空的翅膀

疾驰俯冲

找一处落脚点

歇翅瞭望

眼神锐利，不羁，充满威严

永远是蓝天里的终极猎手和希望

告诉你，我的理想

像一只主动斩断拉线的风筝

从万丈高崖向下

盘旋，俯冲

一个猛子扎下去

向大地张开双臂

掠过草原，雄鹰展翅

吸一口草原绿色的气息

让啃食草皮的鼠辈成为猎手的俘虏

告诉你，我的理想

飞翔的鹰

徜徉于伊犁河谷

这个古老的牧场

像大海张开双翼

吸一口大海蓝色的气息

摧毁心中的望夫石

终结田鼠的卿卿我我，长相厮守

让大爱成为茫茫草原的优渥

千篇一律

地球的表皮

像一张薄如蝉翼的纸

随手复印出

千篇一律的

鳞次栉比的

楼宇和城市

人们撑破头的渴望

千篇一律

在城里买房，结婚，生子

像争夺阳光照射的

高高低低的树一般疯长

楼宇的身影太长

长得连太阳伸长手臂

也够不到地面

举头三尺，离天不远的神灵

无可奈何

地球的表皮

就是一张薄薄的纸

写满如蜘蛛网一样

密密麻麻的城市与楼宇

千篇一律

冗长的重复里

总有一些段落和情节

是画蛇添足般的存在

杜甫所写的天下寒士的欢颜

如钢筋水泥般

板着的面孔

僵硬而不生动

被瑟瑟秋风割破的茅屋

在历史绵长的岁月里

令人荡气回肠

犁、牛、人

一只犁

一头牛

一个人

牛拉着犁，慢慢朝前走

人扶着犁，慢悠悠地吆喝

嘚，嘚

扬起手中的鞭

甩出一阵

像黄鹂鸟的歌声一般

清脆的鞭响

牛儿陶醉在歌声里

随着音乐舞蹈

夕阳西下

牛儿拉着犁

在人的驱使下

走进了黄昏与黎明的交会点

野菊花

午后山上的野菊花
想起黛玉葬花潸然泪下
夜里的一场静悄悄的秋雨
诉说着一丝悲怆
诉说着一丝凄凉

站在屋檐下
好心情荡然无存
何时又能铮铮铁骨
昂起你的
高贵的头颅

喜庆的柿子

柿子

红了

红艳艳的影子

像待嫁姑娘的红唇

那样诱人

更似节日黄昏里

待夜幕降临

村子里

家家户户门口

大红灯笼高挂屋檐

把整个村庄

装扮得

像新娘的

洞房一样——喜庆

扫　地

从黑暗的夜里出发

黎明为你撑好伞

朝阳为你披彩霞

朝露为你羞答答

抬起手

扬起扫把

画出美丽的弧线

把早晨到傍晚的时光

扫得洁白无瑕

青涩的初恋

在皎洁的月光下

听蛙叫虫鸣

在山脚下的小树林

两颗年轻的心

互诉衷肠

露水

悄悄然滴入花瓣中

傍晚已切换到黎明

积 淀

积淀是一朵花

沉淀了一个冬天的人气

稍微闻到暖春的气息

花儿活脱脱

像一个个调皮的孩童

挤挤挨挨

一瓣接着一瓣绽放

排着整齐的队列

有序露出笑容

虽说花园中

姹紫嫣红般徜徉

争奇斗艳的姑娘

蝴蝶般飘飘然，香气馥郁

深吸一下春的勇气，开枝散叶般离去

殇南宋

黄昏，西湖上的莺歌燕舞

西湖，瘦成了束腰纤肢的姑娘

白色的石孔桥

发出莹莹的光

伫立桥上

耳边竟似听到

杀伐的铁骑

独思量

我等策马扬鞭高歌猛唱

十二道召回的令牌

脸颊上温湿的两行泪

一步一步

蹭在征途上

西湖的莺歌燕舞

唤醒了一切

已不复存在的殇

山的节奏

嶙峋突兀

那是山的节奏

似少女胴体一般美妙的音符

是人生过程中高高低低的起伏

是群雄逐鹿中原的狼奔豕突

是乌云的云卷云舒

是纤纤玉指拨动心弦弹出的

流水不腐，户枢不蠹

是文人笔下的蓄势待发

是李太白诗中的毫无约束

淋漓尽致的张扬和倾诉

像昨晚的一场大雪

覆盖一切，摧枯拉朽

亮 翅

拿着一支
饱蘸鲜血的
巨笔

用着一张
铺满灵魂的
厚纸

我站在
历史的尽头
书写日子

相思豆

听，孔雀开屏
美丽的羽毛
给最相爱的
两颗心

听，山泉叮咚
溪流把大山
打扮得更加传神
描眉画凤

借问七月的骄阳
何处安放
两颗相思的红豆

南国明媚的
春暖花开
千里冰封的
北国雪原

缭 绕

烟雾缭绕如梦似幻

香客的脚步

流水一般摩肩接踵

进入佛门

没有门槛

心底的善念

才是真真正正溯本清源

没有谁能割断

血脉的亲情

没有谁能主宰

命运的轮转

没有午夜的陪伴

我的心

一片净土

一目了然

井 台

井台边垒了一堵墙

墙上安装了一只辘轳

辘轳的把很长

摇起来方便

女人们

望着老井水

发愁

男人们

看着老井水

较劲

比谁的力气大

能一口气把一桶水

绞上天

父亲佝偻的身影

一天的大太阳

没有丝毫商量的余地

扒着门框

探出头去

极力向外张望

已是夕阳西下

落日的辉煌

残阳如血般

父亲佝偻的身形

像一个旧社会农民的雕塑

伫立在门口

盼望着去集镇卖米的女儿

归来的身影

眼巴巴瞅着

心急如焚

渴盼着去集镇卖米的妻子

归来的身影

两根扁担

两个单薄的身形

在晚霞中

洒下一片斑驳的身影

生活的重担

也许早已将父母的脊梁压弯

却把一个满腹才华的女儿

送入大学的殿堂

最后白血病的恶魔

肆意夺走了

这个年轻女孩的生命

压弯的只能是躯壳

凸显出的是

意志的坚强

命运的悲壮

假 如

假如你踮起脚尖

作为支点

太阳就会更近地

抚摸你的头颅

假如生活

是条沉船

何必硬要

将其挽留

不如拿一把凿子

狠狠心

将其彻底凿透

让海水

浸得更快

让船底

早点着陆

犹如黑夜走路

车灯在十字路口

远近光相互交流

我们在

下一个驿站

碰头

到时手拉手

永远不回头

就像电影

《泰坦尼克号》的

男主和女主

屹立船头

变成爱情

永恒的雕塑

赠陈忠实

你的脸

仿佛

千年老树的

皮肤

你的皱纹

是一道道

岁月

深深的

祈福

你的书

是一部

垫在

棺材里的

枕木

你的心

是一腔

白鹿原上的

皇天后土

沙哑的

声音里

透着

大地的

淳朴

你是秦川大地上的

一位歌者

锐利的

笔尖

已经

深深地

嵌进了

时代的

灵与肉

冬 日

冬日

蹒跚的脚步

迈进

茫茫的

雪原深处

前无辙

后无痕

只好迷途

牵一匹老马

前行

虽然脚下

慢了几步

怎奈

老马识途

终于走进

青春的节奏

茫茫雪域

一群披红挂绿的

少男少女

堆着雪人

打着雪仗

咯咯的

欢笑声一片

激动处

雪地里

像风中的芦苇

翩翩起舞

真的，一阵风儿吹过

笑声里，树枝上的雪绒

忍不住，往下掉落

风儿掀起少女们

多褶的裙裾

一个大冬天的积尘

在笑声里，在风里

都落掉

职　责

煮一壶月光

放在大地里

像一把草根

它的职责

是坚守土地

任四季的风

刀割一般

猛烈地吹

使劲地刮

却自始至终不肯露面

只有在丝丝春雨的

滋润下

才肯展露芳华

煮一壶月光

放在大地里

就像一群蝼蚁

它的职责

以大地为家

无论春夏秋冬

蝼蚁像一个陀螺

微不足道，永不停歇

到处流浪，哪怕是

天涯海角，也要安家

早春依旧

流过去的风

裸露于地面

从草原深处刮来

裹挟着沙尘而起

大地干燥的嘴唇，裂开了

天上的云儿，朵朵像棉花

地上的沱沱河，沉默了

结了冰，冰下的水流左右奔腾

把空气的水分，抽干

唐古拉山

长江龙的雕刻依旧栩栩如生

贺

到山西朔州出差，遇到了女作家边云芳，天地有同感，遂为知音。她给我寄了一首《夏日随感》的小诗，我也随即和了一首。附边云芳的诗：

槐花落，香如故
几回魂梦与君同
忆相逢，亦云烟
山长水阔何处问

桃花艳，春依旧
梨花带雪严冬素
其实人间情长流
相逢是缘，离别是缘
烟云岁月，处处梦绕魂牵

菊花落，梅花残
处心积虑酝酿一冬天

小草绿，百花红

山长水阔何必忆相逢

见一面，有何难

谈天说地，笑留人间

金秋的大学校园

一地的落叶，捡起

又一个春秋，走过

青春的翅膀，张开

拥抱那天空的辽阔

湛蓝湛蓝的远处，尽头

像由大海铺出的绫罗锦绣

金色的秋

给漫步校园的少女

一个明媚的歌喉

放飞一只没有线的风筝

让年轻的生命

中原逐鹿

书是一片大海

人是一叶小舟

前辈引路，放开思路

就会有面前，宽展的

镜头记录

刺破天的苗头

只会在青春的

心头驻足

校园里的

少男少女

正在人生的

路途

冲刺，破浪

中流飞舟

有梦的青春

就有记忆

丰盈我们的

头脑

丰盈我们的

体魄

丰盈我们的

人生

丰盈我们的

记忆

多年后

在下一个

明媚的早晨

让我们再重新定义

校园的初恋

逆势而上

三尺多高的

篱笆墙

饮一碗月光

喝醉心房

朦朦胧胧的

夜幕下

萤火虫将

细细碎碎的光

抛洒在地面上

做暴风雨中的

海鸥

把握方向

逆风而行

逆势而上

做湛蓝海洋中的

一颗孤星

不改颜色

不变衷肠

深秋的落叶

深秋的落叶

面对萧瑟的

飕飕秋风

落叶孤单单

一个又一个

飘零

问一问缠绵的

一刻也停不下来的

秋雨

落叶是谁

落叶飘零又为谁

落叶又将走向哪里

有人说

落叶归根

这是大自然的

安排

这是她

必然的归宿

深秋的落叶

带着

一丝又一丝的

深情思念

走在了西区的

归途

带着

儿女的牵挂

带着

沉重的

心灵的

怀念

带着

剪不断理还乱的

梦，离去之原

手捧一抔黄土

告慰

在天之灵

有心儿女

共沾巾

泪痕落叶

共深秋

一叶知秋

我是

秋的儿子

带着

对夏的依恋

走进深秋

试图

用我的手

去抚平

秋叶

额头的

褶皱

试图

用我的心

去擦拭

秋叶

手上的

粗糙

但都

没能够

拼尽我

所有的力气

漫步在

落满秋叶的

街头

望着

萧瑟的风

带着

秋叶

簌簌作响

我的一颗

落满灰尘的

心灵

感应着

大自然的

凄凉

脚步匆匆

回到那

茫茫荒原

去等待

春的召唤

去等待

冬的无眠

我对

深秋的

落叶

充满敬意

化作春泥

更护花

我对

春的绿芽

充满渴望

她昭示着

勃勃生机

深秋的落叶

是我的梦想

是我苦苦追求的

生命的奇迹

蜡炬成灰

泪始干

一步一个

脚印

从蹒跚学步

从牙牙学语

哪一个程序

没有你的期盼

成长的人生

是不断地

吮吸

你的乳汁

同时你

额头上的

年轮

也在不断地

加深

漫漫红尘中

我成为你

最牵挂的

那个人

深秋的落叶
那是我
逝去的母亲
为了我
隐隐约约流动的
青春

为了我
喧嚣不羁的
夏日
为了我
缠绵悱恻
以泪洗面的
金秋
为了我
成熟冷峻
一尘不染的
冬雪

你总是

点着一盏

永不熄灭的

用棉籽油

点着的

油灯

你总是

提着一盏

永不熄灭的

用煤油

点着的

马灯

去照亮

儿女们那条

弯弯曲曲的

人生夜路

深不可测的

行程

窗前——南极

　　随着我国南极科学考察站的陆续建立，南极旅游逐渐火了起来，我国还拍了关于南极的影片，看后，我禁不住自己内心的激情澎湃，坐在窗前，写下了这首诗。

北风

裹挟着

孱弱的

落叶

拍打着

薄薄的

窗户纸

气势汹汹

兴师问罪

橘黄色的

灯光

在案头

望着屏幕

一起见证

这万年冰山的

绝处逢生

如此壮美的

一极

没有风

却能听见

心脏在跳动

上一秒的

端庄宁静

转瞬间

下一秒

就是死神的

狰狞

人类

跪倒在

大自然的

雄浑下

叩首

生死无界

生死成说

再虚伪的人

都会

撕下面具

再富有的人

都会

扔掉钱包

再执着的人

都会

放下包袱

剩下的

只能是

最本质的人性

一路经历

一路遭遇

一路迷失

一路耗尽

体力

企鹅，海鸥，海豹

生命的坚强

爱情的美好

都成为一种

极致

长征——转折——遵义

湘江之战，折损过半

再不改变，红军好不容易

才积攒的家底，赔光，榨干

面对前途，迷茫，悲观

心灵到了绝望的边缘

长征是一个契机

长征是一个奇迹

在遵义召开了一个会议

站起了一个人

一个从三湘大地的韶山冲里

走出的山伢子

振臂一挥

画出了一条正确的线路

指引着一群衣衫褴褛

被饥饿、疾病、恶劣条件

折磨得苦不堪言的人

攀铁索，跨雪山

用两只脚，踩出了一段

空前绝后的历史

为了一个信仰，前仆后继

此刻，死亡是一种升华

牺牲，我们如履平地

枪炮声，是儿时妈妈的摇篮曲

硝烟散尽，我们依然迎风而立

暮 色

暮色沉去的夜晚

孤独的街灯下

寂寞在恍惚中

被浓烈的白酒灌得酩酊大醉

冬雪的羽翼

冬雪的羽翼很美，很妖娆

蓦然舞动起来，大地的纯洁与晶莹剔透

如英雄般矗立

爬山虎

爬山虎是否要离家出走

下来吧，我们一起手拉手

到月亮上面去私奔

出嫁的红叶

红叶

你肯定已经出嫁

不然咋穿一身艳装，满面羞涩

脸像熟透的苹果，美啊

自信的花

喇叭花虽不起眼，却没有自惭形秽

金秋白菊依然和谐相处

该红的红，该白的白，该黄的黄

指尖路影

断琴一曲，抚琴思人

风起散落了，一地的黄昏

错过的灵魂，忧伤地等待

月落黄昏，荒芜了夜色阑珊

月落芳尘，让夜点醒岁月的笔墨

黑得像锅底，让失明的人

绘就心中，黑夜的一幅画卷

指尖的情感，化作彼此温馨的问候

爱已欠费，情已停机

黑夜，黑得像乌鸦的翅膀

只有，远处坟墓的磷火

偶尔点燃，为灵魂指示前进的路影

穿过石拱桥的女子

我能想到的美好

是晨雾中窗外的鸟叫

是麻雀的叽叽喳喳

是天边透亮的晚霞

守一场岁月里的细水长流

西风无痕

染红了

夕阳西下的万丈红尘

我渴望纷繁世界里的安静

安静是一种高贵的孤独

夏正浓，叶滴翠

暗香流年声声碎

阡陌梳理多少烟火岁月

却不知道心的城池

在哪里可以安个家

度过这漫漫长夜

夏日里，情绪莫名的烦躁

茫茫人海，每个人都在寻找

轮椅上的背影

轮椅上的背影

注视着远方的倩影

有人说那是来自热带雨林的

西双版纳

是大象觅食的地方

一路向北，十多头大象

引起世人瞩目

岁月的痕迹无情掠过

期盼那个背影早日变得高大

轮椅上的背影

注视着远方的倩影

有人说那是来自寒冷的西伯利亚

是东北虎栖息繁衍的故乡

濒临灭绝的东北虎

由于人类的保护

又经常在红外摄像机里闪过

岁月的痕迹无情掠过

期盼那个背影重现过往的辉煌

做自己最亮的星辰

有伤口在黑夜里悄悄张开

越黑暗的晚上越忧伤

古老的巷陌很普通漫长

不知有多少青葱的时光

被无缘无故无端地收藏

擦亮心灵的窗户穿越迷茫

用成长带来的契机喂养希望

做一个圆梦的蝴蝶深情守望

我是一个暗夜中的精灵

用一抹深情做自己最亮的星辰

再见你时

再见你时

一阵风儿

轻轻抚摸过你的额头

一池荷花水轻柔

湿润少女的唇沟

绿叶抹去我眼角的皱纹

我想认真地为你洗一次头

不用光冒泡沫的洗发露

凝视着你含嗔而又破涕的笑

带出的眼角的泪珠

再见你时

秋风乍起

荷塘里的荷叶已经萎枯

你给我点起火

煲了一碗莲子汤端来

里面有一节一节的莲藕

你羞红着脸

悄悄地在我的耳边低吼

我们也有了自己的后代

感恩夏天（一）

黎明到黄昏，确实不长

但出生到死亡，确实不短

心有阳光，一路芬芳

心有月光，一夜长亮

牵手春天，你有满眼的青春不迷茫

牵手夏天，你有满腔的热情释放

牵手秋天，你有满地的累累硕果待回访

牵手冬天，心灵将被净化成一汪清泉流淌

珍惜该珍惜的人，不要回头

槛外长江空自流

愉悦我们辛勤的汗水换来的温暖的心弦

向同行的一切生命进行分享

待转身之后眨眼间聚成一束强光

把漆黑的魅影的午夜照亮

感恩夏天（二）

其实开花并非我的本意

只有结果才是我的最爱和目的

绿叶蓝天只是我的装饰

红花紫花白花是我情同手足的姐妹兄弟

一个季节开放一个季节收获

满满当当喜欢你

蓝天的鸟儿自由飞翔

白鹤亮翅

春天的花儿自由开放

红杏出墙

绿意阑珊芳香四溢

姊妹情深同舟共济一起努力

白皙的面庞凝脂的肌肤

长发披肩水汪汪的眼眸

花开的春天少女的青春

一同绽放花季雨季

凤囚凰

独上高楼

望断天涯路

笑看风云再起

凝视天边云卷云舒

随意去留肝胆两昆仑

放开画的翅膀让蝴蝶来花蕊中舞蹈

让白孔雀开屏绿孔雀展开翅膀飞翔

在青春的季节里相遇让人生不留遗憾四季开放

把黄昏作为礼物送给黎明一起辉煌

把夕阳灌醉作为礼物一起与午夜销魂堕落

天使的翅膀皇帝的皇冠

在太阳升起的地方被重新浇筑

伟大的鸟巢和迷人的水立方更加努力向上

为谁鼓掌

角斗场

夕阳，角斗场

挂在树梢上的夕阳

和夕阳落到地上

有什么两样

都是黄昏的宠儿

都是日薄西山的榜样

傍晚的街头，华灯初上

夜色阑珊，是古诗人古词人

出行的最佳搭档

柳永携着红酥手

才有人约黄昏后

陆放翁吟出东风恶

才有古道、西风、瘦马

断肠人在天涯

古有执手相看泪眼

今有哥哥你走西口

妹妹我泪长流的缠绵

为什么欺骗树梢上的夕阳

这就是欺世盗名的善良

忘了祖宗，更别说爹娘

卑鄙是卑鄙者的通行证

说得多么高昂铿锵

夕阳落到地上

拍拍摔痛的屁股

不沾一丝尘土

走进蓦然回首

那人却在灯火阑珊处的

角斗场

迷 茫

一朵花捏成了小喇叭蜂飞蝶舞

一朵云飘过来云卷云舒

去留无意顷刻之间大雨滂沱

地儿湿了草儿绿了叶子更精神

开出的花张开嘴巴拼了命地呼吸

于是就有了喇叭花、狗尾花、鸡冠花

红色艳丽，蓝色妖姬，黄色透亮，美不胜收

人站在房顶绿瓦红墙倒影婆娑

起舞的世界弄清影的眉梢缠绵沟通

朋友圈里放风筝

桃花源里吃烧烤

好啊好啊陶渊明嘻嘻哈哈让侍童夹道欢迎

古来今人几番哭蜂儿嗡嗡到天明

彻夜难眠畅谈理想人生

最是人间留不住，泪千行

小儿童醉于花间游戏中，看完几人能读懂

繁华落尽潇潇秋风瑟瑟琴声

空

把一切看淡

浓缩成一点

无所谓欢喜，数不清的冷暖

安抚肉体的灵魂

洗掉昨天的苦难

黄昏贴上后背，脸朝向明天

刨一个秋的思念

坚持自己的信仰

让风抚平自己心头的褶皱

以最残酷的手段

把吹掉的落叶用慢镜头

返回青春的枝干

翻 转

清澈见底的世界在我眼里已经老眼昏花

一种修行的爱情在我的体内满是霜打

回眸苍穹的一笑倾城倾国倾涯

吻别一下哪知道疫情不断急白乌发

山盟海誓的钟声铺满金黄的落叶归根

曾经的绿茵婆娑起舞破碎遗失的韶华

在寻找远方的小路我孤独徘徊

诗歌的召唤我假装没有听见

曾经的志向高远却变成了太史令呈于皇上的竹简

倒不如受个宫刑把我发配边远

只见天只见地只见新人笑未见旧人哭

迷人的景色季季都成为滴血认亲

捻一缕秋风萧瑟秋风今又是缠绵悱恻

播一粒种子深埋进沃土豪宅

失去力量的风飘逸到被历史篡改的墓碑前

扬天风沙弥漫自爱勾起泪沾襟

夕阳和朝霞同样辉煌腾达

傲梅煮雪

借一把清风吹散开阴霾
把你重重放在心上的人
接一碗烈性酒谈笑风生
将心放逐于那岁月书卷

让流年新韵墨宝里舒展
高山对冷峻碧水对寒潭
端午体验粽叶糯米情感
缠绵悱恻凸显连绵不断

无论树缠藤还是藤缠树
剪不断相思理还乱乡愁
千般柔情蜜意云锁眉间
向日葵朝阳须天天浇灌

能回头览外长江空自流
尽职尽责的爱情的园丁
努力奉献的友情的职员
傲梅煮雪熬彼此爱的眷恋

秋　遇

风居住在街头

把秋天染成色彩斑斓

打开藏于黛色眉心的莲

一首枫色的小诗滑落指尖

秋水浩长天

织一幅秋光旖旎温暖

恍然之间

青春时光跌宕辗转

滋养了身体强大的神经线

深情款款地邀请你和我

流落于滚滚红尘中体验

立于时光的岸边

荡开我们初遇的双目来缠绵